河田日出子五行歌集

机と椅子

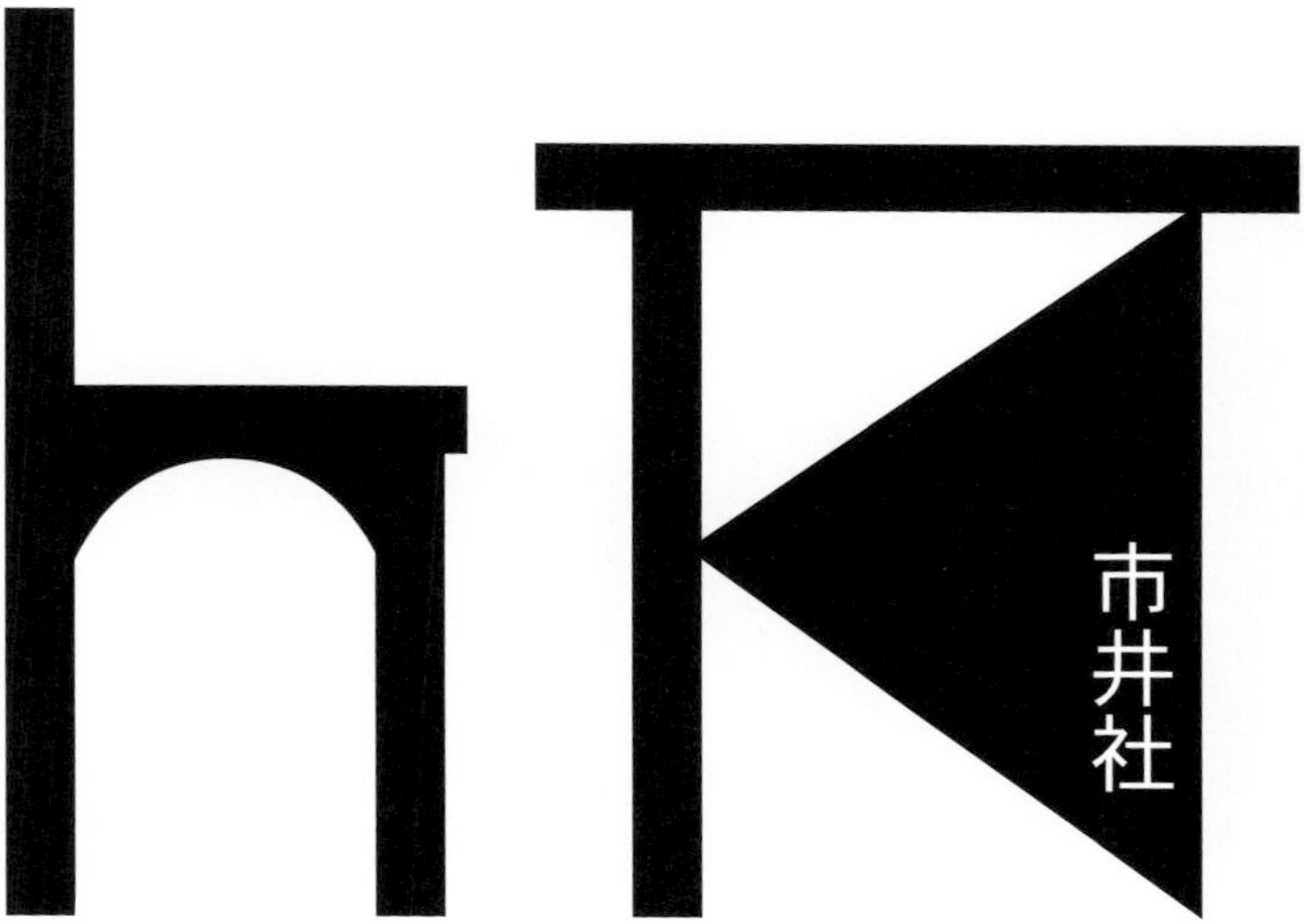

市井社

五行歌集

机と椅子

まえがき

四冊目の本を出すことになった。

出版はいつも子供を産むような気がする。

自分の身の内から迸り出た言葉は、やはり子供以外の何ものでもない。従って本となって出来上ると慈しむように何回も読む、自分の本の一番の読者は、自分ではないかと私は思っている。今回は出来上ってくるのが特に楽しみだ。というのは、私は原稿丸投げのようにして草壁先生に渡しただけで、題名を付けることから何から何まで、一切の編集をやって頂いたのだ。二千五百首以上はあったと思う歌の撰さえ自分ではできなかった。

意識して文芸に向き合い始めた三十五歳頃の私は、書かなければいられない人間であった。最近は、その情熱が消えたのか、書かねばならないという思いが強い。小説の長編、中編、短編、随筆、詩、五行歌等合わせると何千枚になるか判らない程書いてきた。『婦人文芸』という雑誌で、長編を十五年に亘って掲載もしてきた。年齢も今年誕生日が来ると七十八歳になり、八十に引っ張られる年になった。四十年余書き続けてきた日常に疲れが出てきたのだ。最近作の五行歌に次のようなのがある。

もう
なにを
どうしなくても
生きてるだけで
いいじゃないか

これは正直な心境だ。五行歌の創作は、小説などに比べると、一見楽なようにも見える。

私の創作は、ほんとうのことを書くというのが心棒だ。従って常に自分の心に向き合って書く。これはかなり疲れる仕事なのだ。ある時小説を書いていたら、これは嘘っぱちだと思ったことがある。はっと気付いて反省しそれからはできる限り真実だけを書くようにしているが、時に嘘っぱちが真実めいていることにも気付いた。しかし五行歌というのは体形、五行に書いて完成させるというのが基本的条件なので、誤魔化しが許されない。誤魔化して書こうなどという気はさらさらないが、文芸活動を一休みしたいという気は多少あった。五行歌を少し休んで散文、特に、尼僧であった母の小説の推敲に励み、八十歳までに本を出そうと思っているのだ。散文と五行歌の双方に取り組むことは、ここ十年程の経験上から言って困難なことだ。なぜ両立させられないか、よくよく考えてみるとその根本は楽をしていたいのだと気付いた。最近はテレビばかり見ているのが最も楽しい。

昔、『婦人文芸』で発表しだした頃、「あんたプロになれるよ」と言ってくれた女《ひと》がいた。

私に欠けているのは、そのプロ根性だ。文芸仲間には、賞を取って百万円貰った人もいれば、自分史賞を取った人、準賞に入り五十万円貰った人などもいる。私は過去に一度も応募というものをしたことがない。多分逃げてきたのだ。つらつら振り返ってみると、ぎりぎりまで頑張ってきたとは思えない。

しかし、皆苦しい中書き続けてきた人々が文学者なのだ。

文学は晩年の仕事でいいと言ったのは誰だったか忘れたが、野上弥生子は百歳、宇野千代も九十八歳まで生き、書き続けた。瀬戸内寂聴さんは目下九十四歳だが書く意欲は満々らしい。彼女らに比ぶべくもない私だが、文学を志してきた人間としては、やはり死ぬまで書くべきなのであろう。

この歌集は通過点と考えて、やはりほんとうのことが書ける五行歌を続けてゆこう。

最後になりましたが、草壁焰太先生に心よりの敬意を捧げ、又お世話になった市井社の皆さまに御礼申し上げます。

平成二十九年三月吉日

河田日出子

目次

装丁／しづく

第一章　机と椅子

自分が働いた
お金で
初めて買ったのは
どんなものより欲しかった
机と椅子

昭和三十四年秋
新婚のくらしは
四畳半のアパート
半畳の台所
机と椅子

結婚しても
机と椅子だけ
持っていった
あとは何も
欲しくなかった

新婚の
新居の象徴は
机と椅子
夫と私
唯一の目的は勉強

私の机と椅子なのに
いつも夜中まで
仕事していたのは
若かった亡夫
その背ばかり見ていた新婚時代

あふれるほど
あった
自信
若く
楽しかった頃

昭和は
極度の飢え
豊饒
無責任
ごった煮の時代

バイキングに
初めて出会ったのは
20歳の時
新橋の第一ホテルだった
世の中にこんなうまいものがと思った

全地婦連においで、と
スカウトしてくれたのは
会長だった
山高しげり先生
おかげで
広い広い世界を知った

車の中でのこと
「ひこちゃん、そこに坐っていて
まわりの風景目に入りますか」と先生
「いいえ、はいりません」と私
「いかにもそう見えますよ」と先生

女が男と同等に
選挙権を得たのは戦後
恩師
山高しげりは
偉大な運動家だった

婦人運動の中に
16年いて
学んだこと
女性が女性と
手をつないで
共に向上してゆくこと

のめり込み
一心不乱
直情径行
猪突猛進
みんな私に当てはまる

自主、自立が
伝わるのか
みんなに
頼られた
夫にさえも

亡夫は
大連産まれ
夫17歳　妹15歳
父母の遺骨だけ持って
引きあげてきた

風よ、止んで下さい
働き通しで
頑張ってる
夫の
ゴルフの日だから

墓前で
何と祈るの、と
夫にきいたら
みんなを守って、と
言うのだと

あたしが
あたしの
亭主だったら
言ってやる
うちにいろ!!

「おふくろは貧乏で
大学に行けなかったの？」と息子
「そっ、だから結婚の条件は
大学に行くってことだったの」
自分で働いたお金で
30歳が大学一年生だった

家を建てた基礎は
私が働いたお金
経済的自立の日々が
私を支えてきた
自信です

電車に
飛び込んで
死にたいと
場所を探し続けた
頃もあったさ

息急《せ》き切って学校から帰り
「ママがいた!!」と
喜んでくれた息子《あなた》
病気退職して辛かった私
でも息子《あなた》の喜びが支えてくれた

死への
願望を
振り払えたのは
私が産んだ
たった1人の息子

姉にも
笑顔で話す
心は
暗く
沈んでいるのに

高慢と
傲慢を
治してくれたのは
確実に
病だ

ひとまわりも
ふたまわりも
人物を
大きくさせるのは
病気

東京っ子の私
東京へ行く日は
東京ゆきの
澄ました顔に
なる不思議

東京産まれの
私は当然
東京贔屓
『東京には空がない』
なんて言わせない

何といっても
一番というのは
すごいこと
戦後の実家は
原宿一の貧乏人

雨の日は
弟と妹と三人で
ずる休みした
長ぐつも
傘もないので

第二章

父が押す、母が押す――父母

この世に存在する
ありとあらゆる
言葉の中で
一番好きなのは
母

母がいるだけで
馥郁とした
オーラを感じた
母がいれば
何もいらなかった

私の理想の
帰結点は
母となること
偉大な
海のような

私は
亡母《はは》を
越えられない
越えようとは
思わない

お母さん
一遍でいいから
あなたに
カーネーション
贈りたかった

父を誇れなかったが
母を誇れた
年経《としへ》るに従って
母以上に
父を誇れるようになった

心の底に
流れる
あたたかいもの
他人に尽くせという
父の教え

心の底に
流れる
つめたいもの
他人はあてにならぬという
母の教え

根《こん》が尽きるまで
他人《ひと》に
誠意を尽くす
父は
そういう人だった

父の故郷《さと》
富山立山は
凛々しく厳しい
父の眼光を育てたのは
立山だと知る

女より
すすんで
悪者になる
男の愛
父の愛

男の気概を
奪ってしまう
女にはなるな
亡父の教えは
そういう事だった

持ち駒の
言葉によって
生き方まで左右される
今年は亡父の名の一字
「勇」を持ち駒にする

日出子、悟れよ、と
天啓のような父の声
不孝の限りを尽したのに
守ってくれている
父の月命日

2015・3・14
北陸新幹線開業の日
父の里　富山
母の里　金沢
行きたいと　はやる心

20代で
東京に来て以来
父も母も
故郷に戻らず逝った
どれほど帰りたかったたか

カラーテレビが
我が家に入った
昭和44年
故郷の兼六園の
映像をくい入るように
見詰めていた母

出家落ちという
言葉に出会って
はっ、とする
父母は正にそうだ
還俗したのだから

父が押す
母が押す
あなたは
私たちの
一粒の希望、と

第三章　哀しい闇——弟

私は
闇だ
弟の死に
ほっとしている
哀しい闇だ

頭の片隅に
弟はいつもいた
訃報を聴いて
ほっと
胸をなでおろす

辛いことを
抱えているのに
笑顔でいる
亡弟《おとうと》は
そんなこだった

小さい時
ニコニコニコニコ
している
弟の顔
浮かんで、浮かんで

いじめられっ子の
弟だった
崖から
飛び降りろと強要され
足を骨折したことも…

弟からの電話は
ああ、又面倒なことが…
といつも思った
血脈は
煩わしいもの

肉親の
誰れにも
みとられずに
弟は逝った
父と同じように

カラスよ
私の闇を
劈《つんざ》くように
夜明けに
鳴け

昭《しょう》ちゃん
とうとう逝けたね
「もう、充分生きたから」
と自殺未遂したあんた
死んでもいいと飲み続けたのね

アルコール性肝硬変
あんたらしい死に方
病院で死んだって
判った時
ほっとしたよ

『雨が降る
長ぐつもなし傘もなし』
小学校三年生の時
あんたの俳句が
学校でほめられたよね

あんたと光子（妹）と三人で
勤めから帰る
お母さんを
いっつも迎えに行ったね
一番楽しい時間だった

中学の通信簿は
オール1
ど近眼で黒板が
全く
見えなかったってね

一所懸命働く
お母さんに
眼鏡が欲しいと
言えなかった
あんた

中学出てすぐに
銀座で有名な煎餅屋に
住込奉公して
せんべい食べすぎて
胃の手術したよね

精密機具を作る
計算なんか
大学出に負けないと
職人としての
プライドもあったね

お母さんに
真っ先に
孝行したのは十四のあんた
スーツと洗濯機を
プレゼントしたね

家《うち》に居候にくると
「昭ちゃん一局やろうや」と
パパ（夫）と碁をやって
いっつもあんたが勝って
パパが口惜しがってた

四十二歳で妻子に家をやり離婚
借金をかかえて
パチンコ屋暮らしや放浪
やっと、やっと
父母《ちちはは》のところへ戻れたね

やっぱり私は
頭の良い人が
好きです
でも弟のような
バカも愛しいです

昭ちゃんが
死んじゃったよぉ
でも、みんなに
安らぎを与えて
功徳を施してくれて…

第四章　武骨な幹から

純白を
重ね
重ねて
心に着る
元旦

寸暇を惜しんで
お人形さんごっこに
執心する孫のみのり
二人で遊んだ
お正月

梅も桜も
ごつごつとした
無骨な幹から
どうしてあんなに
可憐な花が咲くのだろう

心をいつも
前に飛び出させて
歩いてきた
やっと畳み込んで
歩ける六十代

孫のみのちゃん
かわいい
みのちゃん
わたしの生甲斐
わたしのささえ

男の子二人育て
3人目に女の子
「やわらかくって」と
相好くずす
若い母

眼前に見る
瀬戸内海
島々を
抱いて
穏やかな母

おいでませ、は
亡夫の父祖の地
山口県柳井の言葉
人への敬愛が
こもっている

六歳の記憶
東京大空襲で
火の海の中
逃げまどった
戦争は絶対、いや!!

婦人も
協力させられた戦争
敗戦記念の日
でもまず国家に
あやまってもらいたい

敗戦記念日
賑わしく
テレビから伝わる
高校野球
若人はこうでなくちゃ

八月六日、九日
日本人なら
染み込んでる数字だ
義兄は被爆した母、姉を
十三歳の時、道端で焼いた

あったあったあった!!
亡夫の祖父母の墓
しっかりあった
亡夫正勝の勝は
祖父勝之助の勝だ

潔癖と
みだらが
同居する肉体《からだ》
性《セックス》でのぼりつめた
夢を見た六十四の秋

お嬢さんの
香りの残る
おばあさん
そういう老女《ひと》に
なりたいな

あたたかさという
上等の絹布《きぬ》に
くるまれて
いるような幸わせ
孫娘の中学合格

お嫁さんと孫を
迎える時は
二人のお姫さまを
迎える気分で
掃除する

孫娘みのりの
血の中に
曽祖父アメリカに行った九市《くいち》がいる
2ヶ月も
カンボジアに行くのだ

女子参禅者の
居所は
三十三畳の和室
ど眞ん中に布団敷いて
ひとり大の字でねた

他人を
見た感じで
判断する
悪い癖が
なおらない

何ものにも
なり得ず
逝くことの
無念
残念

夕刻の
ラッシュ電車に
久々乗った
恐ろしい程の
車内の静寂

第五章　「逃げるなよ」――介護

「おしっこは？」ときくと
「おしっこさん、おしっこさん」
と言いながら
家中
探しまわる夫

「あなたは
子供さんがいるの」
と聞く
アルツハイマーの夫
ああ

一日中
職場にいる
妄想のある夫
夫と同次元にいられず
イライライライイライラする

夫の妄想の世界に
引きずり込まれる日々
いいかげんな
返事では
怒り出す夫

夫の
排便失禁処理をして
やっと
一人前の
介護者になった

一晩に
二回
ベッドで排尿
怒り
心頭

人生観をもっている
つもりでいた
アルツハイマーが
フフッと笑って
吹き飛ばす

夫の病は
ぐさり！と
私の背中に
鎖鎌を
くい込ませている

ほとんど
何もできず
何も判らない夫だ
でも「あんただれ？」には
「河田だ」と言える

河田と
書けない
認知症の夫
衆院選挙も
棄権する

「俺はこわれちゃったんだよ」
と言った夫
今はもう言わないが
瞳は自覚している
哀しい瞳だ

痴呆の夫が
やってくれる
ベッドメーキング
私のパジャマも
きちんとたたんで

アルツハイマーを
宣告されてからも
3年間
働いた夫
私の為に働いたのだ

痴呆の夫が言った
「好きだよ」
そら耳かしら？
いやほんとに言ったと
夫の首を抱く

眠る時
「ママ」と言って
私の腕をまさぐる夫
幼児のようで
頭をなでてやる

夫は私を
心から愛して
結婚した
それだけは
信じられる

働けるだけ
働いて
病気になる男たち
親友の夫君も
私の夫も

アルツハイマーは
日常から
常識が消える
トイレの便器で
手を洗う夫

「パパ、ママだよ」
と言って頬を寄せると
背中をなでてくれる夫
介護の
一瞬のよろこび

朝っぱらから
夫と抱擁
アルツハイマーが
夫婦の仲を
近づけている

一個の茶碗の
お茶
分け合って飲む
やっと夫婦になれた
介護の日々

口びるを
突き出すと
夫がキスしてくれた
忘れられない日となりそう
二〇〇六年八月二十七日

私の心が
夫に寄り添っていれば
夫も落ち着いている
心ここにないと
敏感に反応する夫

夫が
病にならなかったら
気持ちが
こんなに
寄り添っていられたろうか

私の手を
両方の
手の中に
つつみ込んで
眠る夫

認知症の夫が
床に着いて一時間半
私の手を
ようやく放して
深い眠りに入った

介護の日々
隣り同士で
眠れることの
至福を思う
闇の中

眠っている
夫は愛しい
最後の
最後まで
私が看《み》てやらねば

夫の中の
正気は
鼾と寝息
じっと
聴いている

夜中に
大喧嘩もあった
三年前は
まだ対話もあった
喧嘩にならない淋しさ

夫は
もの言わぬ人と同じ
何でも
一人で決めねばならぬ
哀しさ、淋しさ

四十六回目の
結婚記念日よ
と言っても反応がない
思い出を共有できない
淋しさ

笑ってる
アルツハイマーの夫が
笑ってる
金八先生を見て
笑ってる

あたしが
せめて
笑顔でいよう
夫に
笑顔が移るように

食べ残した
ラーメンを
テレビの中の女の子に
食べさせてやってくれ
と言う優しい夫

お出かけは
いつも病院
アルツハイマーの夫に
ぱりっとした
背広を着せる

「私にまかせてくれる。

ちゃんとやっとくから」

「うん、いいよ、はい」

こんな会話でやっと
穏やかになる夫

アルツハイマーの夫が
私の喜怒哀楽を
読み取る力は
健康だった頃より
するどい

私の感情を
じっと眸を見て
読みとる夫
瞳が唯一の
頼りとばかりに

ケンカのあと
仲なおりするように
私の背を撫でる
夫の手は
惚けていない

一日に一回は
介護の
自信をなくす
夫と別れて暮らす日が
ほんとうに来るのかも…

夫と小春日和の散歩
地獄、餓鬼、畜生
修羅、人間、天上
六道を一日のうちに
体験している日々

孫の中学合格で
介護疲れが
ふっ飛んだ
究極の悲しみの中
究極の喜びを味わう

痴呆の夫と
日に何度も
抱き合って
背中を
撫であう

ショートステイ一日目
午前二時まで徘徊
二日目0時四五分まで徘徊
ああ、ああ、
私を捜していたのね

夫が
デイケアに
出かける日
鼻歌が出た
流し台

大きな呼吸《いき》を
する事も
忘れている日々
デイケアに夫が行って
ほぉーっと息をつく

夫がデイサービス
六時間余の
自由が得られる瞬間
多分私の顔は
仏顔

一週間に一日
介護から
開放されて
缶ビールを飲み
ほろ酔いになる

ショートステイの夫は
もう眠っただろうか
私がいないので
不安にかられて
いないだろうか

共倒れを
みんなが心配するから
ショートステイに
行かせたけれど
眠れない、眠れない

ショートステイで
着脱をさせず
着のみ着のままで
帰ってきた夫
何とも哀れ

穏やかな満月
起きぬけの
夫の排便騒動を
呑み込んでしまった
さわやかな月

「逃げるなよ」
と痴呆の夫が言った
私の手を
しっかり握って
眠りに入る夫だ

弱い者はいとおしい
認知症になって
大黒柱の
座をおりた夫
夫への愛は現在《いま》が最高

夫の首根っこ抱いて
チュッチュチュッチュ
する日々
四十七年一緒にいて
今が一番恋の時

トイレにて
誓うこと
ひとつ
今日は
怒らぬと

夫の介護で
怒りたい時に
ぐっとこらえたりして
心を自在にあやつる
達人になった

フワッ　と
身体《からだ》が浮かんだ
夫をショートステイに出し
心配でいっぱいなのに
からだは喜んでいる

人間《ひと》のやる気を
見ているのは
気分がいい
夫に完食させてくれた
ヘルパーさん

ヘルパーさんの
誠意が
タオルを洗う
水音から
伝わってくる

認知症で
どんどん判らなくなる
夫を見ていると
心にいっぱい
雑草が生えてゆく

夫婦でも
母子のように
への緒の関係が
あり得るのだと
判った介護の日々

背中を
撫でてくれる
夫の手は
惚けていない
愛が伝わってくる

介護者の
妻のストレス
爆発し
なだめるように
足をもむ痴呆の夫

汚いと思ったら
うんち出しはできない
と言った看護師さん
やさしい人だった
ありがとうありがとう

あわてる事は何もない
夫との暮らしを
できるだけ楽しもう
そういう気分に
なれた朝

介護は
私に与えられた
使命と考えれば
崇高な
気分になる

夫が
ストレスレスチェアに
どっかり坐っている
物体でも
あるという事の素晴らしさ

生まれた時から
約束されていたような
夫の介護
運命は使命なのだと
強く強く知る夜明け

どんなに
お金を積んでも
私ほどの介護者はいない
自負が
私を支えている

死に臨んだ時
この世で一番の
達成感は
夫の介護であったと
思いたい

息子が来る
というだけで
鼻唄が出る
料理もいそいそできる
不思議

息子が二泊して
久しぶりの
三人家族
やっぱりいいな
病気の夫も満足そう

疲労は
やさしさを
うばってしまう
一番の
くせもの

顔つきが
だいぶ険しい
とげだらけの
心疲れが
顔に出ている

夫の発熱で
足のつま先から
頭の天辺を
貫くような
心棒が入った

心の鍛錬は
砂山づくりだ
作っては流され
積んではこわされる
介護の日々

夫を怒ることも多いが
病人なのだと
気持ちを切り替えて
やさしくする感情操作の
達人になってきた

死の間際
おやじ！
ありがとうよ！ありがとうよ！
と号泣した息子
夫の人生は成功でした

一番長い時間
夫の面倒をみてくれた
ヘルパーさん
「最後まで紳士でした」
と

第六章　宇宙に包まれて——思い

何もかも
広い宇宙に
包まれているのだ
安心して
身を任せよう

悲しみの咀嚼は
上手になったが
嬉しさの
咀嚼ができず
眠れない

「ちょっとご挨拶に
お門《かど》で失礼致しますが」
まだこんな
日本語が
生きていてうれしい

勉強は
孤独の行だ
だが、知るという事が
豊かな世界を
構築してゆく

おまえには
何でも
経験させてやろうという
宇宙の意志を
感じる時がある

高千穂峡は
神々の郷
深い深い谷間から
天照大神が
立ち昇ってくるよう

灑灑落落地《しゃしゃらくらくじ》を
目ざして
歩いてゆく
女だけれど
得度受戒した者として

※灑灑落落地《しゃしゃらくらくじ》…いかなるものにもこだわらず、
執着せず、自由自在であること

意志に生きる
信念に生きる
男の生き方だ
私は女だけれど
少し真似してる

人は
みんな
思いを
かかえる
哲学者

何が怖いと
言ったって
後悔がこわい
一瞬一瞬を
大切に生きよう

私の言う事を
一番
きかないのは
私だ
説得に手間どる

自分の考えが
全く
正しい
それが
私の問題だ

心は
たたみ込まれた
分厚い本だ
ページをめくる度
新しい心に出会う

空気は神
すっぽり
包まれて
ふんわり
私を囲んでる

私が
欲しいのは
汲んでも汲んでも
尽きない
深い思慮

やわらかく
人に
接するのがよい
やっと
そう思える

勉強が
できるだけでは
賢いとは言わない
思慮の深さが
備わってのこと

愛とは
山葵《わさび》の
ようなもの
ピリッ　と
効《き》かせる

良き
言葉との
出会いが
人格を
向上させる

仏教徒に
なったということは
自分の
心を作ってゆく
ことだと判ってきた

自分を
理解《わか》って
もらいたい
人の希みは
そこに尽きる

空海の
三教指帰《さんごうしいき》が
戯曲とは
知らなかった
無学にうちのめされる

生きてる
というだけで
褒めてもらいたい
仏に向かって
深くお辞儀する

心の
中を
じっと見る
思いが
層を成している

思いは
グラデーション
あやなす
模様の
宝庫

人間の
肉体《からだ》は
奇跡と
機能の
集合体

人の心は
たえまなく
損得を
計算している
愚かな器

安きに安きに
流れる
本性
心をぎゅっと
しばりつける

闇の中では
宝玉も
光らない
心にも
光りを当てよう

生きていると
いう事は
心操作の
達人に
なる事だ

今に
感謝しないで
いつ、感謝する
永遠は
今でもある

比べる
心は
死ぬまで
治らない
いっそ比べ尽くそうか

生きてきた
すべての日々が
正直ぶって
いたように
思える夜

本心とは
本来の正しい心
だという
ない、ない
本心がない

草壁先生の
『もの思いの論』を読んだら
自分の本心
中心線を見つけるために
ずっと心と向き合っている

死に至る道を
一人のこらず
歩いているのに
生に至る道のような
錯覚が

お釈迦さんの
掌の裡に入って
身を守ろうとした
甘い甘い
考えだった

得度したら
本音を
隠して
生きている
気分

私は
仏教の
枠に収まるほど
小さな
人間ではないようだ

仏教は
人間を
枠におさめる
ものだと
わかってきた

若い人には
与えて
与えて
与えて
育てる

子どもは
生命を宿した
爆弾
親に向かって
弾《たま》を命中させる

死は
永遠に
宇宙と
一体に
なること

第七章　パパ会いたいよ

手っ甲脚半
草鞋に金剛杖
お棺に入れて
魂だけ私にくれて
旅立った夫

夫の二七日《ふたなのか》も済んで
みんな引上げた
じっとしていられなくて
家の中
ウロウロウロウロウロしている

何もかも
夫が居ての
感動だった

パパ起きましょうか、と
言えない朝の空《うつろ》

夫の
最後のおむつ
積み込まれた
回収車を
じっと見送る

夫のうんち
素手で受けた
日もあった
そのぬくもりが
まだ残る

部下の女性に
「女房は詩人」
と言った
亡夫
そう思っていたのだ

夫の夢は
いつも
楽しそうに
しているのが
不思議だ

亡夫は
心の底から
私を
愛してくれた
それは真実だった

日薬《ひぐすり》が
一番利くのよ
と義妹
泣ける日々は
泣いていいよう

夫が逝って
無常という
言葉の意味を
はじめて
理解した

とにもかくにも
アルツハイマーの夫を
病院に入れず
自室で腕に抱いて
逝かせた

心に牢獄の檻が
めぐらされて
逃げ出すことも
できない
夫亡き日々

月一回のショートステイに
やらねばよかったと
後悔が沸く
私がいない夜の不安は
きっとあった筈だから

夫が
取付けて逝った
階段の手摺
伝って下りる度に
夫に触れているよう

一人暮らしでも
ひとりではない
「この家にはおやじがいるなァ」
と息子も言う
確かにいるのだ

パパ
会いたいよ
会いたいよ
会いたいよ
会いたいよ

夫の墓参をしたが
墓に
置いて帰る事ができず
パパ、一緒に帰ろうね
と魂を抱いて帰る

第八章　心の芯で触れ合える——文学

書く
それは
わたしを
判って、わかって
という叫びだ

私という
人間の
完成がみたくて
文学を
やっている

煩雑でも、手数でも
もの書きは
心の芯で
触れあえる
人間関係をつくりあげねば

自分の中の
悪い心を
押さえられたのは
素晴しい文芸作品を
読み漁ったからだ

言葉は
私にとって
最高の恋びと
善悪ひっくるめて
愛してやまないもの

漱石の『こころ』
再々々読　一日で読了
瞳孔をカッと見ひらき
筆致に埋没させてくれる人は
この人以外にいない

漱石の『こころ』は
何回も読んだが
今日ほど迫力を
感じたことはなかった
すっごい迫力!!

病で
苦しかった日々
救って
くれたのは
文学

感動し
感動し
感動し続けて
いっぱい本を読んだ
今、実になってる

喜怒哀楽の感情を
沸点まで高めてくれるのは
いつも言葉
漱石の『こころ』など
吹きこぼれる

心
を放浪させないと
言葉はもらえない
言葉の寺に入らないと
詩は詩《うた》えない

すべてを書くこと
それは
私の使命だと
言ってくれた恩師
挑戦できるか

真心で書けば
五行歌でも
文章でも
人に
伝わるものだ

堂々と
堂々と
本心を歌おう
私という
自分自身のために

五行歌の
原材料は
体の細胞六十兆個
資源は
死ぬまである

私が
裏切りたくないのは
ノート
最愛の
親友

詩は
肉体《からだ》中から
産み出すもの
まだ
消化不良だ

何回読んでも
鳥肌と涙が出てくる
『俺はこわれちゃったんだよ』の書評
こんなにほめられたら
もう、死ぬのかなァ

この冬は高熱が出た
インフルエンザに罹った
漱石の生きた頃にも
インフルエンザはあった
『門』に書かれている

得度はしたが
文学道が
足を引っぱる
戒律にしばられず
思うままに生きよ、と

創作者は
自分の書いたものに
涙するようでありたい
泣きながら
書くようでありたい

私に語りかけてくるような
藤村の作品『家』
ああ、私を安らかにしてくれる
明治学院の大先輩
文豪が側にいる

自分の
創作した
作品の
最高の読者は
自分

孫娘には
宝物がいっぱい詰まった本を
たくさんたくさん
読みなさい　と
言いたい

第九章

肉体《からだ》がくにゃとなる――恋

久々に
味わっている
恋うる心
顔付きが
少女のようだ

芽吹いた
恋心が
双葉になった
どうしても
摘み取れなかった

恋人
という言葉
肉体《からだ》が
くにゃとなるほど
なつかしい

人を恋うる
心の
形《かたち》
ふっくらして
やわらかい

恋の芽が
細胞じゅうで
ふくらんでいる
毬が
はずむように歩く

肉体《からだ》に
あの人、という
磁石が
くっついていて
吸い寄せられる

恋愛の
ゆきつくところは
三六五日
あなたのために
使いたい

恋人という支柱が
ぽきんと折れた
生まれて初めての
失恋
慟哭、涙、涙

女殺しだろうと
第二夫人だろうと
恋人が好き
好きとは
こういうことだった

さようなら
恋人
二年八ヶ月
楽しかった
ありがとう

あなたの
忘れものに
そっと
手をふれてみました
ぬくもりが欲しくて

老いらくの恋
芽生えたよう
弱々しいので
そっとそっと
ひとりで育てよう

愛は
心の中で
毅然と
培うものです
心に冠をかぶせて

第十章　心は原石

八十六歳の主治医
電話での声音に
「あっ、まだ充分に
男でいらっしゃる」
とドギマギする

二の腕の
弾力ある
やわらかさ
ああ、私はまだ
こんなにやわらかい

嬉しさは
それほど長く
肉体《からだ》に滞在しない
でもまだ芯にあって
うふふふふと一人笑う

「抱いてください」
和泉式部が
現在《いま》いたら
きっと言ったセリフだ
私も言ってみたいなァ

あっ、あそこに
おんながいる、と
思われたい心情
窮極の欲望は
こういうことか

会合に
一人でも
男性がいれば
敬意を表して
おしゃれして行く

やさしい時の
心には
かわいい花が
ぽっぽっぽっと
咲いているよう

古今和歌集
男女の
恋歌ばかり
五巻もある
古人《いにしえびと》の情の熱さよ

恋愛というものに
無縁になった
男性に心ときめかない
古今和歌集の
恋の歌読んで寝る

七十四に
なるのに
まだ
赤い恋が住む
肉体《からだ》

私の血から
吹き上がる
愛は
原始の人から
続いている

どんなに時代が
変わっても
女を
守るのは
男

女もやっぱり
おばあちゃんになっても
異性である
男性に
眼がゆくようだ

鉄女
歴女
キャリア女
憧れは
手弱女《たおやめ》

限界を
悟れるのは
男
悟れないのは
女

晩年
確かに乳房から
張りは消えている
でもしっかり手に伝わる
このまろやかさ

新聞の中の
コラムやエッセーに
〝少女〟という言葉があると
魅せられるのは
万人共通のようだ

人は
どうしてこんなに
淋しいのか
考えても考えても
答えが出ない

女同士の
齟齬は
ほとんど
嫉妬から
おこる

とても汚ない
心を
少しづつ少しづつ
磨いて
生きてきた

孤独は
意識が
作り出した
幻想
実体などない

心は
原石
磨くか否か
私に
かかっている

気づかいの
ある
友はいい
心が
豊かになる

人はいつでも
できれば
泣きたいくらいに
感激、感動
していたいのだ

懺悔する心と
ふてぶてしい心と
ぎくしゃくしながら
同居している
不思議

時には
心も揉まねば
ならない
かわいい子に
旅をさせるように

第十一章　人

受話器とるなり
ハピバースデイの歌
だれだれだれだれ？？？
九十一歳の友だった
最高のプレゼント

寸分の
狂いも感じない
以心伝心
92歳の
友との仲

92才の
友と
中華で会食
「話題も
ご馳走」と友

これまでの生涯で
何が一番良かったかと
聞いた青年がいた
たくさんの人に出会ったこと
と答えた私

良いものに出会い
良い人に出会い
良い気をもらう
良い女《ひと》に
会える嬉しさ

昼働いて夜学ぶ
ノーベル賞をもらった
大村智先生は
夜間高校で教え
教え子たちの姿に
触発されて今日を得た

久しぶりに
感動が残る
熱い男の本を読んだ
青学を箱根駅伝で優勝させた
原晋《ススム》著『魔法をかける』

天の配剤か
心底
やさしい女《ひと》がいる
だから
生きていられる

人の精神《こころ》は
眼差しに宿る
愛の蒸気が
全身からこぼれている
医師《せんせい》に出会った

外出の
楽しみは
人間《ひと》を
見る事が
できること

女性の姿で
一番好きなのは
生まれたばかりの
嬰児を抱いた
お母さん

生きてる人より
死んだ人から受ける
強い影響
父も母も夫も
育て続けてくれる

平塚らいてうさん
女性は太陽であれと
呼びかけて下さいましたが
月の経をもつ月だと思います
太陽はやはり男性です

十五、六年ぶりに
会った恩師は
石ころみたいに
自然にそこにいる
超人になっていた

さりげなく
しっかりと握手する
草壁主宰と
上田好春さんの
男の友情をみた

男性《とも》は
多くを語らない
だからこそ
口から出る言葉は
宝石のよう

草壁先生は
ほんとうに
大人物になった
育ててもらった私も
偉くなった気がする

草壁先生のような
世界国民になりたい
新聞の
国際面を
よく読むようになった

草壁先生は
文芸道を歩くのに
「私のようにやれとは
可哀そうで言えない」と
書いた凄い人なのだ

五行歌仲間に
永田和美《なごみ》さんのような
素晴しい
歌人がいるのは
誇りだ

ピエロに
ならないで
済む
人たちの
中にいよう

寄せ続けて引かない
波のような便りに
とり肌が立ち続けた
情熱の歌人
吉川敬子さん

お嫁ちゃん
と言う歌友
この一言で
愛のある
人柄がわかる

長い知り合いの中で
素晴しく
成長したと
思える女《ひと》がいる
草壁夫人、叙子さん

真理の思考で
勝っている
人は
瞳《め》の奥が
笑っている

あの人には惚れて
この人は愛して
あなたは好きで
あの方は尊敬して
あいつには首ったけ

年を
重ねるほど
成長する
五行歌やってる人の
不思議

「草壁先生の志の高さを
深く理解される河田様が
尊くまぶしいです」
五行歌仲間からの便り
有り難くて仏前に収めた

器の大きい人と
話したら
何がどうでも
いいような
気持ちになれた

若人よ
尊敬できる
人間を
目を皿のようにして
探しなさい

第十二章　贈り物——家族

横浜の空が
やけに明かるい
息子の住む街の
希望の
明かりだ

影二つ
「やーいやい
私にだって息子が
いるんだぞ！」と
お天道さまに言う

人間《ひと》は
家族の柵の中で
生きるのが
真の
自由と知る

息子が
来ている時の
ほのぼのした
安心感
子宮に息子がいるような

母の私の
顔をみると
「疲れた」が出る
企業戦士の
息子

「うまいなァ
しあわせだなァ」
冷し中華を食べ乍ら
感嘆する息子
ああ、いい男《こ》に育ってくれた

息子からメール
『自分で納得できるという事が
最も価値が高いと思います』
五十歳になる息子
やっと、自分の哲学をもったよう

チラホラ
見える
息子の白髪
見てはいけないものを
見たような

息子に
百万言の
説教するよりは、と
メールで毎日
ゲーテの格言おくる

残業の続いた
伊知郎
布団巻いて
みの虫のように
眠ってる

息子がいて
嫁さんがいて
孫娘がいて
人としての道
歩ける幸せ

玉が転がるような
孫娘の笑い声
二階の寝室まで届いて
家中が
笑っている新年

「母の日のカードです^^）
毎日アクティブに
活動してるばーばは
みのの憧れだよ」
孫娘からのカード

孫娘よ
みのちゃんよ
叱ってくれる人の
心を受け止められる
器を持て

この夏で最後の
女子野球全国大会
魚津に出かける日
電話をくれた孫娘
ケガしないようにと言った

素直で
おおらかな
孫娘
平和な時代が
育てた子だ

孫娘にとって
私の膝下《しっか》は
親と同じなのだろう
来れば必ず
眠ってしまう

孫娘の
ガンバリには
ガンバッテマス
という気負いがない
それがなんともいいのだ

孫娘　非常な
ガンバリヤなのに
にじみ出ている
雰囲気は
おっとりのお嬢さん

贈りものの中で
もっとも素晴しいのは言葉
母の日のカードに
孫娘が書き贈ってくれた
言葉に泣けた

「私もMaMa《ママ》みたいに
なりたいです。
私のお手本です」
と嫁女の便り
やったァ!!

息子
◯◯（嫁）に言うなよ
嫁さん
◯◯（息子）には言わないで
私　案外信頼ある？

人が
ガンバル
源泉は
楽しみをもつこと
お嫁さんのメールに教わる

さすがに
息子が
射止めた嫁だ
姑の私は
いつもシャッポを脱ぐ

重五《ちょうご》の日
亡夫が刻んだ
一人息子の柱のキズ
撫でて触って
いとおしむ

※重五…陰暦5月5日の節句

第十三章　ひとり、ひとり、ひとり

七十という年齢《とし》に
負けそうになる
夜具に入ると
「くたびれちゃった」と
ひとりごちる

地獄も
この世にあるが
天国も確かにある
ようやく確信できた
七十歳の秋

暮色が
おとずれた一時《いっとき》
部屋じゅうの
明かりを点ける
家族がいた頃のように

妹が、より痩せてきた
三姉妹の中で
一番苦労している
面《おも》に出ている
だきしめてやりたい

嫁と姑
二人して
「疲れているね
声がおかしいね」
とケータイで話す

立派な大学生になります
と孫娘からの便り
立派な祖母に
ならねば、と
たじろぐ

七十五年
生きてきた
日々の中で
最も良かったこと
母親になれたこと

宇宙は
透明な
風呂敷
母の胎内に
包まれているよう

「チョイ住みインパリ」
半端な表現で
堂々とNHKでやってる
言葉が下品に
なってゆくようで悲しい

〒一〇〇-〇〇一四
千代田区永田町二-三-一
総理官邸
安倍総理に葉書を出そう
日本を戦争にまきこむな、と

自治会の
総会で
一寸発言した
全くあがらず
整然と話せた

蟷螂
内《なか》に入れてと
言わぬばかりに
玄関のドアにしがみつく
ぬくもりが欲しい秋

「来て来て、見て」
紫の大輪の
朝顔が呼ぶ
「きれい、きれい
10月なのにまだ咲くの？」

師走という
言葉
日本書紀で
すでに
使われていた

七十路に入った
元旦
賑賑《にぎにぎ》と
楽しく生きる
計をたてる

昼食時のレストラン
男も女も
ひとり客
私もひとり
哀しい現代

愛を
しまい込んでる日本人
西洋人のように
両手を広げて
ハグしよう

外国から来た
お相撲さんが
全身全霊なんて言う
この頃の日本人
負けてるねェ

ひとり、ひとり
ひとり
………ひとり
一人…………
ひとり………

ひとりのせいか
小さな　ちいさな
呼吸をしている
竜胆と
しばらく話す

一週間ぶんの薬を
容器に詰める
朝晩で八錠
40年飲んでるのは五錠
悲しく切ない

穢れとは
気《け》枯《が》れが
語源のようだ
私も気力がなくなると
入浴もせずに汚ない

ジャコバサボテンの
蕾には
空《くう》を突き裂いて咲く
凄みがある
人も皆突き裂いて産まれる

固かった
私の意志は
どこへいった
軟弱な老婆が
ぽつねんと坐って居る

天に向かって
頼んでも
駄目なものは
ダメ
雨は降る

顔から
おんなが
消えてきた
おんなでいたい
女でいたい

七十路は
下りの
急行列車
登り列車には
もう乗れないようだ

初優勝した
琴奨菊の
100万ドルの笑顔
私に移って
笑顔に明け暮れる

優勝した
稀勢の里の頬に
ツーと流れた
丸い涙は
宝玉

最近
マグロの漬け丼に
はまっている
市販のタレで
充分美味しい

母に
なったような
眼で
人を
見られるようになった

月刊誌
『五行歌』届くと
丸2日ぐらいは
虜になって読む
心を攫われるのだ

人の輪の中に
少しの違和感もなく
融けこんでいる
うれしいひととき
所沢旧町五行歌会

恥じらい
という言葉が
死語のようだ
歌会で言ったら
珍らしがられた

ひとりひとりが
発する
あったかいもの
五行歌会で
感じるぬくもり

庭の半分は
蕗畑
収穫して
皮をむき
ことこと煮てる

昂然と
背筋伸ばし
顔を上げて
食事してみた
美味しさが違った

五行歌仲間の
男性は
貴重な人たち
みんな　みんな
夫と思おうか

五行歌は
子宮で
考え
胎内で育てて
産んだ子

五行歌
一日五首以上書く、は
自分とのたたかい
よくよく私は
自分とのたたかいが好きだ

レストランに入っても
誰れからも
見られる事もなく
いないも同然の
存在になった

若い頃は
腹が立つほど
男性によく見られた
全く見られなくなった
アハハハハ

1分の60分の1
1秒の時を
踏みしめて歩く
足裏に時を
刻み込むように

おだやかで
やわらかく
なめらかな
春の空気は
女体のようだ

私には年とともに
男たちの為に
だんだん
きれいになってゆく
使命がある
自惚れの極致だ

人間の体で
最も
魅力的なのは
まあるいお尻だ
つい、眼がゆく

みなぎっていた
力が抜けてゆく
脱皮だ
ようやく
脱皮したのだ

生きる
そのこと自体が
詩になる
そんな余生で
ありたい

ガス釜で
ガスコンロで
ご飯を炊いた
お米が一粒一粒
立っていて美味しい

もう
なにを
どうしなくても
生きてるだけで
いいじゃないか

ぽっと
暖かい火を
胸に点して
帰宅する
同人誌例会の日

いいものだと思う
大根を
ことこと　と
煮ることの
できる暮らしは

『机と椅子』跋

ほんとうの言葉と信ずることができる

草壁焰太

河田日出子さんについて語るとき、「畏友」という言葉が頭に浮かぶ。これほど慣れ親しんだ友もおらず、これほど文学の道で深く付き合った友もいない。そういう間柄であって、なお「畏友」という言葉を私が思うなら、最もよい関係を築いてきたといえるような気もする。

これは他の人々もそう思うらしく、彼女を語るとき最も信頼する人のように語る。たとえば若い女性なら、彼女のようになりたいという。

自身の若い頃についていう歌に、「みんなに頼られた」という言葉があった。まずはそういう人であった。彼女との協力関係はもう四十年を超えているが、その間、その方向はまさしく文学に向かう人同士のものだった。

人生を一貫して文学運動に専心した私にとって、彼女は私の情熱に呼応してくれるもう一人の運動者だった。

このたび、彼女の五行歌を撰し、構成もして、私は一つ大きな驚きを覚えた。彼女の場合、「文学」という一章が立つことである。いかに彼女が文学に気持ちを傾けていたかがわかる。私の歌集の場合、「詩業」という章題がふさわしいだろうか。

この歌集は、彼女のすべてのようにも見える。おおかたのことを正直に書ききっている。だが、それでも全貌とはいえないとも思う。

文学とは、そういうものではないだろうか。すべてを書ききろうとするが、すべてを書ききれるものではない。

私という　　　　　感動し
人間の　　　　　　感動し
完成がみたくて　　感動し続けて
文学を　　　　　　いっぱい本を読んだ
やっている　　　　今、実になってる

こういう歌を見るだけで、私の心は彼女の心と同期して燃える。ああ、ここが繋がりだったと驚いて確信した。文学運動をしながら孤独だと思ったことはないけれども、世の中にわかる人はいないというように感ずることは多かった。

彼女は、しかし、私に呼応してくれていた。私もまた彼女に対してそういう役割をしていたのかもしれない。「文学」という章が立ったときに、私はこんな人はいないと思って昂奮したのだから。

もう一つ、私の驚いたことは、『机と椅子』というタイトルを、私自身が当然のように選んだことだった。最初の予定にはまったくなかった。しかし、全体を見た私にはこれしかないとも思えた。それは、彼女の厳として崩れない姿勢と繋がっているとも思う。生涯、彼女はそこで、その姿勢で何事かを成し遂げようとした。その憧れが彼女を作り、その夫もまた同じ憧れを持ち、その憧れを求め続けた。

まだ日本が貧しくて、十分に進学できない人も数多くいたそのころ、彼女にとっては机と椅子が、自身の明日のシンボルであり、自分の存在を確かにするものだった。彼女はよく働き、働きながら三十にして大学に進む。

彼女は子を生み育て、地婦連の事務局次長という要職にもつき、全国を飛び回る活躍をしたが、ここで病を得た。地婦連は全国に会員六百万人を有する最大の組織といっていい。婦人運動家、山高しげりが彼女をこの道に誘った。

病んで仕事から身を退いたことは、挫折だったかもしれない。しかし、長い目で見れば、彼女はここで文学の道へ向い始める。もとより政治向きというより文学向きだったのだと私は思う。

文学に感動しては文学を創り出そうとするのが、この道の人である。どうしても自分自身を人に伝えたいのだ。この道を立てるにはすべてを擲ってもと意気込む私と、その頃に会った。彼女は母を主人公にした長編を書き続けていたが、私と会ったことで自由詩も五行歌も書くようになった。詩は、それまでにも書いてはいたが、長編のほうに力を入れていた。母を描く小説のテーマは、「父が押す、母が押す」の一部にあるが、小説は千枚にも及ぶものである。

いじめられっ子の
弟だった
崖から
飛び降りろと強要され
足を骨折したことも…

私は
闇だ
弟の死に
ほっとしている
哀しい闇だ

弟を書いたこの項は、多くの五行歌人に衝撃を与え、その刺激で兄弟姉妹をテーマにする歌を書いた人もいた。心の真実は、多くの真のうたびとに感染する。

この歌集の中でも最も膨大な項となった「逃げるなよ―介護」は、アルツハイマー病となった彼女のご主人の介護の歌である。これは、懸命に生きてきた彼女にとって、まったく予定も予想もしなかった事であった。人の人生の最大の事は、予想もできない困難に襲われたときに生れる。

「おしっこは？」ときくと
「おしっこさん、おしっこさん」
と言いながら
家中
探しまわる夫

フワッ　と
身体《からだ》が浮かんだ
夫をショートステイに出し
心配でいっぱいなのに
からだは喜んでいる

彼女はここでも、そこで起きたこと、自分の心の中を正直に書いている。ここがこの歌集の中心であろう。詩歌は、何かが起こり、それを詩人がそのまま転写するだけのときに最もよいものが出来るともいえる。歌をよくするとか、どういう書き方をするとか、思う暇もないからであろうか。

事実と心の反応だけで、命と命の現場が伝わる。それでよいと私は思う。

この項は、「パパ会いたいよ」の項の哀切な夫恋の歌に繋がる。私は夫君に一度会ったことがあったが、さして深く話もしなかった。だが、この項によって初めて部厚い人間としての存在を感じた。彼女の慕う気持ちが私の記憶に肉付けしたかのように思われた。
こういうものが文学だと私は思う。知らない人にもその人の生身を伝える。私はこの項を読んで、挽歌であるにもかかわらず非常に伸び伸びとした思いになった。

何もかも
夫が居ての
感動だった
パパ起きましょうか、と
言えない朝の空《うつろ》

パパ
会いたいよ
会いたいよ
会いたいよ
会いたいよ

こういう事件と事実を伴う歌に対し、彼女には日常詠もあれば、思いや心を歌った歌もある。それらの歌は主に「宇宙に包まれて―思い」「心は原石」「人」「心の芯で触れ合える―文学」に集めたが、私は彼女の鋭い定義するような歌を高く買う。

自分の考えが
全く
正しい
それが
私の問題だ

今に
感謝しないで
いつ、感謝する
永遠は
今でもある

良き
言葉との
出会いが
人格を
向上させる

人の心は
たえまなく
損得を
計算している
愚かな器

こう言いきる意識の厳しさがいい。思い至ってこう言いきる覚悟が伝わる。思いの項では矛盾する歌もあるが、これもありのままに収録した。人間が、思いのすべてを統括できるということもないであろう。彼女は両親が仏教に関わる人であったから、ついには得度するにまで至ったが、文学の追求は自分自身でもの思ってこその道ということもある。
これについては、なお思い続けるのであろう。
彼女には、女性としての率直な歌で魅力あるものが多い。

「抱いてください」
和泉式部が
現在《いま》いたら
きっと言ったセリフだ
私も言ってみたいなァ

八十六歳の主治医
電話での声音に
「あっ、まだ充分に
男でいらっしゃる」
とドギマギする

恋人
という言葉
肉体《からだ》が
くにゃとなるほど
なつかしい

恋の芽が
細胞じゅうで
ふくらんでいる
毬が
はずむように歩く

この欲望についても率直である。しかし、彼女の実際のイメージは鋭い婦人運動家なので、長い勤めの間、毎日のように満員電車に乗っていたが、痴漢に遭ったことがないという。きりっとした背筋と輝く眼光が男を圧倒したからだろうと思う。

彼女についてすべてを語りたい気持ちがあるが、私にもそれは無理である。文学を行う者は誰がほんとうのことを言うかという競争をしているのだと、私は思っている。私たちはまだその過程にあり、ほんとうにほんとうのことを書くのはこれからかもしれない。

それでも、彼女はよく書いた。私がこうあってほしいと思うとおりに、すべてについて書こうとした。「信ずることができる」。このまとめを終えて、私の呟いた言葉はこれである。文学を行う者は真実を表そうと努めつづけるから、ついに読者からこの回答をもらう。「信ずることができる」。これを彼女のこの歌集への贈り物としたい。

アルバムから

参議院本会議で質問に立つ山高しげり先生（9 年間参議院議員を務めた）

中部ブロック会議　県婦連の先生方と山高先生（中央）、その右が筆者

参議院議員に立候補した山高先生の応援演説をする筆者（渋谷街頭）

勲二等瑞宝賞受賞の日
山高しげり先生と筆者

北方領土返還運動でノサップ岬にて
後左が山高先生、その前が筆者

筆者 20 歳と母

父・野口勇咲と母・外茂《とも》
昭和 34 年 9 月 26 日、筆者結婚式の日

尼僧時代の母
土室隨道（当時 27 歳）

母（40 歳頃）

金沢の尼寺、妙玄院にて
筆者 46 歳頃

母の尼寺跡に現在もある
如意輪観音

弟、野口昭治（中央の眼鏡）
後左は夫正勝、前左は妹光子、
右から筆者、姉栄子

夫と木曽路に遊ぶ
(2003 年 8 月)

夫・河田正勝（65 歳）
女子大退職の日

息子家族と筆者

筆者近影（左）
草壁焰太先生と歌友の
西山十士子さん

河田日出子（かわたひでこ）
1939年東京巣鴨に生まれる。明治学院大学卒。14歳の頃から詩作。20歳から35歳まで、婦人運動家、山高しげり氏（元参議院議員）が会長の全国地域婦人団体連絡協議会に在職。事務局次長を最後に病気退職。16歳から氏の薫陶を受ける。1977年、詩人、草壁焔太氏が主宰する詩誌『湖上』の同人となる。現在は氏が主宰する月刊『五行歌』同人。『婦人文芸』同人。
　著書に詩集『男たちよ』『女のうた』アルツハイマーになった夫を8年間在宅介護した記録『俺はこわれちゃったんだよ』がある。著作に長編「最後の尼主《あるじ》」、短編「かぜ」「弟」ほか多数、『婦人文芸』にて発表。

五行歌集《ごぎょうかしゅう》　机と椅子

著　者　河田日出子
発行人　三好清明
発行所　株式会社　市井社
東京都新宿区市谷田町三—一九　川辺ビル一階
〒162-0843　TEL０３（３２６７）７６０１
印刷・製本　創栄図書印刷株式会社
第一刷　二〇一七年三月十三日

ISBN978-4-88208-145-6 C0092

五行歌とは

五行歌とは、五行で書く歌のことです。万葉集以前の日本人は、自由に歌を書いていました。その古代歌謡にならって、現代の言葉で同じように自由に書いたのが、五行歌です。五行にする理由は、古代でも約半数が五句構成だったためです。

この新形式は、約六十年前に、五行歌の会の主宰、草壁焔太が発想したもので、一九九四年に約三十人で会がスタートしました。五行歌は現代人の各個人の独立した感性、思いを表すのにぴったりの形式であり、誰にも書け、誰にも独自の表現を完成できるものです。

このため、年々会員数は増え、全国に百数十の支部があり、愛好者は五十万人にのぼります。

五行歌の会規約

一、五行歌の会は（主宰・草壁焔太）、毎月一回雑誌を刊行する。

一、会は、同人と会員によって成る。

一、五行歌を書く意志のある人は、誰でも入会でき、またいつでも休、脱会できる。

一、同人は毎月三千円を、会員は毎月二千三百円を半年分前納する。新規入会者は入会金三千円を納める。五行歌の会は、同人・会員の作品を雑誌に掲載し、毎月雑誌を同人・会員へ一冊送る。その費用は同人費、会費にすべて含まれる。

一、同人は原則として入会後六か月後、五行歌への熱意、貢献、作品などに鑑みて、主宰者または同人の推挙によってなることができる。

一、外国人留学生は会費を免除する。また中学生以下の学童も、両親のいずれかが同人・会員である場合、会費を免除する。それ以外の学童及び高校生は会費を半額とする。

一、同人は六首以内（掲載は原則として五首以内）、会員は四首以内（掲載は原則として三首以内）を、締切日必着で、五行歌の会宛てに送る。

一、作品はＢ４原稿用紙に書くこと。電子メールも可。

一、同人・会員以外でも、雑誌を定期購読することができる。六ヵ月分（六千円）前納する。購読者は毎月一首「読者作品」欄に投稿できる。

五行歌の会 http://5gyohka.com/
〒162-0843 東京都新宿区市谷田町三―一九
川辺ビル一階
電話 〇三（三二六七）七六〇七
ファクス 〇三（三二六七）七六九七